吴 兵———著

寄人世·孔子

长江出版传媒 | 长江文艺出版社

图书在版编目（CIP）数据

寄人世·孔子 / 吴兵著. -- 武汉：长江文艺出版
社，2024.2
ISBN 978-7-5702-3346-5

Ⅰ. ①寄… Ⅱ. ①吴… Ⅲ. ①诗集－中国－当代
Ⅳ. ①I227

中国国家版本馆 CIP 数据核字 (2023) 第 186995 号

寄人世·孔子
JIRENSHI·KONGZI

责任编辑：王成晨　　石　忆　　　　责任校对：毛季慧
封面设计：源画设计　　　　　　　　责任印制：邱　莉　　王光兴

出版：长江出版传媒 ｜ 长江文艺出版社
地址：武汉市雄楚大街 268 号　　　　邮编：430070
发行：长江文艺出版社
http://www.cjlap.com
印刷：湖北新华印务有限公司

开本：880 毫米×1230 毫米　　1/32　　印张：5.375
版次：2024 年 2 月第 1 版　　　　2024 年 2 月第 1 次印刷
行数：2934 行

定价：58.00 元

吴兵，山东人，居济南，资深出版人。1979年开始发表文学作品，一直坚持诗歌写作，创作有长诗《孔子》和大量散文及儿童文学作品。诗作入选《青年诗选》《二十世纪九十年代诗选》《〈诗刊〉50周年诗选》《百年新诗》等诸多选本。1997年参加《诗刊》社第十四届青春诗会。中国作家协会会员。

目　录

上集　寄人世

下集　孔子

上集　寄人世

▼

各得其所

江河之水或左或右
大海不分左右
落叶分吗？
叶脉之美出现在不同的方向

日暮时分
独自高处小坐
与谁谈，谈虎色不变
没有什么望眼欲穿
山川大地，各得其所

倾听或者诉说

1

独处惯了
谈锋正健？不不
沉默可以保持诚实
多少见解
在真相之外
有些人的语言用来表达
而有些人的语言用来遮掩
我不是记录者
但我有干净的空白
随时可以用来记录

2

学会挤出一滴眼泪
是挤出而不是流淌
我没有看到过狮子的眼泪

更没有看到老虎哭泣
痛苦埋在心底，是被迫的
痛苦的表情认真练习
你可以说我是演员
可我不是
我是狮子
我正为一只蝌蚪挤出一滴
或者全部的眼泪

3

大街上，人流湍急
这一天的新是多么新
这一天的旧又是多么旧
胸中响着李白的咳嗽
脐带无处连接
拍另一个人的肩膀
说对不起
唐朝的地址忘了

4

肺去了哪里

心脏去了哪里

为什么叫指甲而不叫清泉

为什么一生不曾更改的名字

没有粉饰一朵桃花

山路空无一人

有雨时把泪水忍住

5

那个漫长的冬天

围巾很鲜艳

低头观看

灰暗的身体

恋人般

让我深感意外

6

一架竖琴被搬走

多少年孤零零的

没有人倚靠、触碰

多想为她归拢好一头秀发

手指从此不再拳头般握紧

不需要看清什么

夜弥漫

逝去的人啊

带走了一盏盏灯

7

手指向的高度

就是飞行的高度

一页白纸

被茫然抛弃

浪漫的飞行就此开始

那是一只白色的鹰

思与恋渺如微风

游子

切莫姗姗来迟

我以雪花的名义

以溢美

以高调

以除去喧哗的广阔

以情意绵绵

翘首以待与风温存过的

惬意

8

梨花白，很静的时候
我需要这些白
和我一起静
一起什么也不收拾
一起从枝头
不知不觉落下来

9

一个从不悲伤的人
这怎么可能
夜晚的花纹
美如狐狸
轻举轻落的脚步
仿佛在另外一个星球上行走
爱过身体里的水滴
爱其睡眠无声无息

10

十月风凉
凉，小如针尖
拆迁的废墟投下黄昏的阴影
高大的梧桐
一片叶子，慢慢飘落
陡然想起
父亲已经离开多年
又想起他吃饭时的样子
遗憾的是没能想起
我们是不是一同从这里走过

11

叫一声活着
答应
叫一声死亡
还答应
剩下的就是沉默
用一截溪水
洗净一块石头

与松柏为邻

把苍生放在布衣里

12

我将安静地睡去

葵花籽刚刚磕开

安静

取代一声脆响

还会回来

像向日葵慢慢移动

秋天且容我慢慢脱去风衣

慵懒着，像黄昏一样幸福

三条腿的椅子

坐在三条腿的椅子上
如同坐在四条腿的椅子上一样

坦然。四平八稳
因为事先我已经知道一切

说的是天气、衣着
和敞开的门

我们不谈命运
它在椅子的另一条腿上

摆 设

用了多少虚拟的语气词
渐黑的夜色才将我融入
灌木丛中露宿的鹌鹑
缩颈闭目
用简单的语调回应了过往

无所事事
急速的旋转因过于广阔而缓慢

尽管没看到
它睡了，我也要睡了
多少不争的事实
像一天天磕开的鸡蛋放入煎锅
像一支烟斗从来都是摆设

一块铁

被煎熬过被锻打过
淬火，彻骨寒凉过
不惧生锈、弃置
不惧冷眼无数

哪怕再也不能浴火重生
不变，掷地有声
如一首反复锻打的诗
掷进心中便与血肉凝结

揉皱的纸

那一团揉皱的纸
跟随我多年
揉皱了展开
展开再揉皱
这些动作独自完成
没有人看见
其实，有人看见也不要紧
那是一张空白的历史

展开揉皱的纸
每一条褶皱
都像是我的忏悔
岁月还没怎么揉
我的眼角、额头，甚至灵魂
就已经皱得厉害
我也是一张纸
不知道谁在为我忏悔

一　瞥

故乡人的脸上落满异乡的霜
摆脱于何处
握有何种可能的乐器鸣奏
静坐，躁动
皱纹渐多的版图上
消失了许多锐利的坐标
我相信一瞥的美色触动
而不是凝视的精致阐释

选一条远路回家

天光已暗
选一条远路回家
为的是多看看路边的树，它们
多像一位位老友埋首秋风

远处那座医院，灯火通明
与其他高楼一样璀璨
其中的疾痛与呻吟
谁曾陌生？

如一捆捆稻草，我们都经历了
一次次把身体蜷曲，再铺展

单程票

大巴就要开动
没人知道将去何方
我买的是单程票

在有鹅卵石街道的地方我会下车
在有菩提树庇荫的地方我会下车
在有人和善地打招呼的地方我会下车

大巴跑了很久
没人知道将去何方
我买的是单程票

颠簸中慢慢睡去
梦中既有和善的人打招呼
也有成荫的菩提树
还有鹅卵石铺就的街道

大巴驶入夜色
没人知道将去何方

我买的是单程票

眼前的星群像是谜团
在尖锐的刹车声中我突然醒来
我该下车了

提前下车
在星群之外
在晕眩之外
在悲喜之外

小有鼾声
听到车上咕哝：我们要睡了
睡吧。难以辨别
所爱的人或间于其中

我买的是单程票

寻　找

1

在熟悉的理发店坐下
看陌生人闪来闪去
那把推子也在闪
无动于衷地重复着一个个人

2

昨日花蕾，淡淡的蓝
婴儿苏醒
光，银质的小勺
婴儿的嘴唇
光一样透明

3

风中的叹息

蚕丝一样轻
眼看着落下
想接住
又怕不经一触

4

进入睡眠
身体飘起来，或者沉下去
简单的幸福，午后
一群孩子吵闹着跑过
明亮的床，皮鞋晦暗

5

丢失的东西
有一天突然找到
指印暖暖
壶水烧干，水珠走散

6

寻找一个解释

可能是寻找一种真实
也可能是寻找一种遮掩
寻找到也可能失手
像一件瓷器碎在那里

7

秋天将被掏空
飞禽加厚着巢穴
山坡上的留守者
孤零零的
一个苹果有着一个人的光泽

8

握住阴影
握住被无数光怀疑的阴影
一条小虫
睡在米缸

9

土地被不断翻掘

细小的根伸向远处的花园
雨薄薄的全都开了花
风吹过
衣襟大敞
松柏兄弟，问候高山

10

海以一种方式呼吸
有时均匀，有时急促
海呼吸着一种颜色
单调的命运
摇动，却难以摆脱

11

当人群淹没了人群
我始终攥着一张清单
这么多年
呼吸过的空气，被吹到了哪里
我一直试图赎回
那些花的形状——
肺的纹理在黑暗中透出的清晰

更深的白

如何更白
更深的白

覆盖着糖的白，覆盖着霜的白
都不是

都有一点接近
不够白的接近，远不够

接近苍凉，不是
不是手指不能伸直指认

一根羽毛飘零，风吹着
白变得更白

另一种守望

来不及招手的鸥鸟
被大海甩在后面
我，被甩得更远

更远，我听到的
是草木一起发芽的声音
是的
我听到了瞬间的纯净
是的
即便是深渊
也有清澈见底的一刻

呼吸平稳的星空
清澈于无
于草木
于大海
于鸥鸟

彼　此

爱琴海的晃动漫无目的
夜即将来临

想多了
养在心里的爱更为长久

嗅到一阵风的芬芳
在林荫道上毫无危险地走钢丝

群星醒着

生与死彼此凝望
彼此靠近

节　气

立　春

从来不会绝望
大雪把山川裹入襁褓
浩荡春风必定还以裸身

雨　水

雨还没来
天空暂时似一句空话
相信科学
始自相信牛顿和欧几里得

我在万物中
万物非我

惊　蛰

不管噩梦还是美梦
无论梦长还是梦短
都透过一束光

刻下一个个名字
你看见的日月
别人都能看见

包括梦
包括偶尔仰天长啸
亮如白昼

春　分

三月初三
邀友四十余人来兰亭饮酒作诗
曲水流觞，四个字多美
溪水把万古愁一滴一滴流尽

清　明

流到寒亭
我与潍水汇合
故去的父母一定还记得
画中河山
映在树荫和瓦屋的倒影中

柔软的水流
仿佛人间飘落的炊烟
那么多干净的人与之亲近

谷　雨

花没有埋怨过有没有浇灌
花从没有开错过地方

没有更多的遇见
是因为对星空过多的仰望

停歇的空当
叹息一声花儿就开出一朵

心房里开满了花

每一朵都是我的孩子，藏着星光

立　夏

沉沉欲睡之时

诗意沉沉而降

鱼在湖水的玻璃中静止

从天而降

一大块

未被擦拭的蓝

小　满

有诗写诗

无诗宽衣

粽子说七缠八绕

终要去掉

梦与不梦

天地渺渺

芒　种

珠玉在嘴里滚动
在空气中滚动
啼鸣让清晨美酒一般清洌

浓荫被夏风吹拂
学步的幼儿，一次次
向挺拔的大树蹒跚着张开双臂

夏　至

为众多的路径找一条河流
为众多的河流找一条鱼
为小小的花瓶找一朵矢车菊

小　暑

比阴影更有耐力
世事皆流水
浅溪鱼戏

落花无踪

怎么才能看清
忽远忽近的蜻蜓

大　暑

急于回到从前
急于放弃
美，不是错

昙花，急于枯萎

庸常不是错
闪电不是错
大梦醒一次不是错

立　秋

蝉，一鸣掩夏
世事两隔

处 暑

蟋蟀叫得格外响亮、清脆
如薄薄的瓷杯相触
如落地溅起的月光
大地寂静
火焰睡了
欲望也睡了

白 露

月亮，像一帖膏药
哪痛贴哪

贴爱
痛得圆满

贴恨
痛得肤浅

贴光阴
痛得苍白

秋　分

拿掉形容
拿掉夸张
拿掉比喻
拿掉左顾右盼

拿不掉南山与南山的尘土
采菊去

寒　露

酒不算什么
算不上一只飞蛾
扑向诗的是寒露
是田野的冷寂
是分别后的茫然四顾
想起点什么

霜　降

蝴蝶扇了多少次翅膀

入秋就有多少叶子落去

山顶久坐
极目望远致目空一切

闭眼的刹那
悲从中来

立　冬

孤独可以还原
枯荷的倒影

还有风

岂止吹白
有些头发已被吹空

小　雪

一天没出门
大白菜数棵，大块酱肉若干

面壁。忽念同行的人散去
忽念明月照天山

黄昏移近，脚步趋缓
暖阳如影随形

大　雪

大雪未雪
视若天下公器
来与不来自有天定

我是我的眼泪
一汪清澈，暂且停留

冬　至

打开窗的一刻
雪花不知在哪里飘落
我去看泉

看泉城的泉涌出一簇簇雪花
——凭空而出的一朵朵雪莲

小　寒

确实太能睡了
没有往年那样太久地期盼
书架上看过的书多已送人
老友散失

打盹。头猛然深垂又抬起
愣愣一望
想生一次炉火
熟悉的面庞一一隐现

大　寒

有的词让人绝望
比如大海捞针——怎么可能
有的词叫人振奋
比如春风浩荡

呼一口热气，能将什么温暖
渺小如我。如冰凌融化
以马的嘶鸣、大象的迟缓
所有的期待都还给荒原

请允许

要写出自己生活的样子
无异于要数清自己的头发
试图过，但最终放弃
现在请允许我写下
阳光照落的斑点
那些我喜欢的树影
经过喉咙时留下了清凉
每一片叶子都拥有我的热爱
如果拥有这么多的孩子
我一定会变得更加善良
一定会像毛茸茸的叶芽一样可爱
曾经的假设让我心满意足
哪怕一夜老去，也不会有半点慌张

等　待

刚才敲门
打开时
她已经走了
我有时收到她送来的纸条

纸条上画着河流
只字片言像小鱼
我怕一声咳嗽
就能把它们惊散

下次哪怕诗就差一点写完
也要快点开门
我实在不知道
我还能迎接多少次春风和柳絮

深　秋

还没来得及深谈
天就高了风就凉了
果实的光泽
落了一身
眼望雁群越飞越远

犁
越过雪白的墙
城市装饰着田野
田野怀抱着红薯
红薯吐出秧的柔情

我走在回家的路上

请　求

把天空的危机当成自己的危机
把大海的危机推给大海
立锥之地
被雨水模糊
与植物在风中一同起伏

无论愤怒晒出盐
还是欢乐酿成蜜
离不开的大陆
见识过花瓶破碎的肤浅
请给我一点碑刻的傲慢

解　脱

一瓣瓣掉落
春易破碎
花开，门打开
自己走出来
果实的前身
为果实的欢愉而消隐

没什么奇怪的
桃花、杏花、梨花
不知彼此的称呼
也不知各自的结局
一如枕上落发
离开我，多么好的解脱

天色向晚

落日浑圆
数不清看向西山多少次了
不知哪一天会是最后一次

拉上宽大的窗帘

薄酒一杯里有慌乱的火焰
加入的冰块
像一位老友

寂寥溶化得很慢
孤独是我幸福的一部分

坐下之前
我的身子一直向一侧倾斜

安　详

所谓的尽头
是不想走了
水的一隅，坐下

鸟与行人都空
头上的白云与身边的青草
同样散淡

日影之外只有风吹
几粒鸟鸣仿佛糖果
洒落一地

庆　幸

坐在时光的秋千上
诗让人不知不觉晃动起来

这不是梦
不是楼宇庞大的反光

不是反光的相互喧哗
寂静远胜虚荣

行走的云朵
沾满了月亮的露水

卑　微

我曾想，大炮的炮口
是不是容得下十万只蚂蚁
是不是每个和平的黄昏
蚂蚁们都把那当成家快乐地返回
不厌其烦相互的拥挤
是不是使炮管也像人类的皮肤
有了温热

何以傲慢
何以硬如钢铁
直到永久地垂首自怜
直到沙土也用锦缎包裹
这一刻的羞耻感
值得庆幸——
我们卑微，身如蚂蚁

烟　花

为一个结束奔忙的庆典
行李塞满烟花
稍有不慎
陡然的绚丽、缤纷
以及惊叹
旋即破灭

灰烬落于冷寂
小心
一场失手的怒放
会将自由与仰望
顷刻挥霍
而行程，才刚刚开始

一粒沙的信仰

我想知道一粒沙的信仰
是在干涸的河道或偏远的海边
把渺小的坦然赋予日月
还是被掺进别的物体
忍受着挤压

我想知道一粒沙自己确立的信仰
是不是像自己与生俱来的颜色
那么金黄

理　由

每一棵草都是独立的
每一座山峰也是独立的
这是我向它们致敬的理由

蝴蝶的每一双翅膀是独立的
鹰的每一双翅膀也是独立的
这是我向它们致敬的理由

万物入定
理由无数
花开各色

与草与山峰与蝴蝶与鹰与万物
一首诗是独立的
这是我向灵魂致敬的理由

星　星

路边石子被踢飞

它骄傲地凌空了一会儿

不知所终

可能它还会被踢飞

继续它的骄傲

多少踢不到的石子

在天上飞

落地之前

我们叫它星星

多　么

由轻及重
有钟可撞
多么从容

由近及远
有音可听
多么自得

由下及上
有鸟可飞
消失比什么都难预料

由虚及实
日抵西山
红脸的孩子，我多么爱你

坐最慢的火车旅行

滴滴答答
像水，滴回石隙、涧边
柔软的小腹，缓慢起伏
华北平原这匹骏马
侧卧而眠
小麦透黄，布谷婉转
而赣闽的杜鹃早已飞红

打个盹儿，江南
大片油菜花的蝴蝶
稍有动静恐倏然飞离
老朋友了
雨打芭蕉，打枇杷
蓝印花布
放在雨的竹篮

给一位久病的人输液
旧梦是最好的方子
一站一站重温
慢，再慢

寄人世

最终只剩一副弱躯
寄是寄不出去了

斑斑点点的光影
三两声鸟鸣，我已寄存人世很久

不怕临近最终
不怕那一刻无力自拔

怕只怕
还有几滴热泪，来不及抛洒

如　此

苍茫渺茫浩茫
咏叹赞叹慨叹
冥想联想幻想
遣怀抒怀放怀
疲倦怠倦厌倦
斡旋周旋飞旋

都不是

钟声响起的时候
我停止了张望
风吹三千里
拂动旧衣衫

草叶上的露珠
旷若星空

返　青

苜蓿有苜蓿的语音
百合有百合的语音
薄荷有薄荷的语音

奔突的体内
自然的经卷舒展
其音缄默

大地上各自的语音
都能听懂
枝丫如期返青

生来如此
取悦与炫耀皆无
鸟鸣落地生根

丢　伞

丢过很多次伞
在公交车上
在饭店里
在随手放下伞的地方

在超市里也丢过
丢就丢吧
那么多人
拿去用好了

地球被丢在宇宙中
伞被我丢在人世间

触手可及

1

阳光渗入体内
在缝隙间来回穿梭
骨节轻微响动
所谓活着
就是把这些穿梭和响动
想象得
像樱桃那样红，像萝卜那样脆

2

不要什么甜蜜
只要一些风轻轻吹过
只要一件薄衫
像月光一样薄
月光一样的薄衫
随手而来，只一件

宽慰就随风散开了

3

想航海
并不占有海
自由是不歇的潮涌
手伸进水里
仿佛伸进了鱼的梦里
倒影随涟漪消散
轻如羽毛的人
在蝴蝶的翅膀上
看到一丝光亮

4

他乡的细沙可以当作药
敷给内伤一些温热
春天！春天！
一些词语也可以当作药
当作咖啡，不加糖
啜饮不由自主

5

物归原处
该收的都收走了
孩子们忘了回家
无论远近
怜悯一览无余
迷恋滩涂
一只水鸟缓缓移动
时间能让一切变重
也能让一切变轻

6

蜗牛触角
老虎尾巴
是侧面，和另一个侧面
胶水失语
纸屑起舞
是空洞，和另一个空洞

7

试着找到
前一秒和后一秒的
界限
却突然晕厥
一只船漂向大海
成吨的秒、分钟簇拥
物体滑行越来越小

空　白

不忍将足痕和芦笛分拆
还有爱过的人
以及许多渺小

不被惯常的语句粉刷
喜欢空白
不被无辜

留给信马由缰
留给唇印——
转世的花蕾

稚气的河谷
我们沉睡，我们来过
我们陌生

蓝眼睛

还要等到什么时候
那只白鸽子
在阳台上瞭望很久了
爱看天的我
眼睛蓝蓝的心蓝蓝的

还要等到什么时候
那把黄吉他
在墙壁上悬挂很久了
爱唱歌的你
眼睛甜甜的心甜甜的

浅浅的微笑
融进深深的天宇
白鸽子恬静
黄吉他安谧
蓝蓝的眼睛里游出一条鱼

梦醒之后

我意识到什么时
夜色还没褪去
叩门之手从白昼伸来
带着露水
与我干裂的唇形成对照

心仍为自己锁着
钥匙在你手中
如果真哭过也真笑过
那就打开那些呓语
像打开一册册
装帧精美的书

独处也许是种享受
但毕竟不能长久
床头的花瓶空空
自我安慰
等待着的美好永远枯萎不了

醒来还会睡去

睡去你就隐去吗

我梦着你

梦着我的钥匙

在你的脖颈上

缀成一串漂亮的项链

笑　容

雪白的墙上有一道道线
那是女儿乌黑的头发
顶到过的地方
成长的印记
被细细描画下来

像鸟儿扑棱一下羽毛
脸仰着笑容
一遍遍追问
赤脚贴墙站立的女儿
激动着新的高度

雪白的墙
细细的划痕多么美丽
它不会被粉刷掉的
在一生最美的回忆里
我会记下女儿所有的笑容

故　事

爸爸，给我讲个故事
你自己能看书了
不，你过去都给我讲的

我躺着念了一个童话
女儿静静地趴在一旁
念完时，她轻轻对我说：
"爸爸，你老了。"
女儿从我的眼角数出七根皱纹

从山海关遥望嘉峪关

在山海关前
给儿子拍照
一照相他就表情漠然
我说你笑笑
他说不会笑
他越来越不喜欢照相
就算留个影吧

拍完照我俩登上关顶
一眼关内
一眼关外
金戈铁马早已无存
只见儿子面西而言：
我要从山海关遥望嘉峪关
我说太远了
中间还隔着太行山乌鞘岭
怎能看得见？
儿子说：那不更显得有气魄吗？

中　考

中考之日，我鼓励儿子：
每临大事有静气，不信今时无古贤。
儿问：这是谁说的？
我说这是光绪皇帝的老师翁同龢说的。
儿点了一下头。

分数既出。
第一批次录取，按照公布的时间，
儿手指微颤着点开招考院网站。
他输入考号后，瞬间猛地跳起，
脸涨红，大喊一声：中了！

我开心地笑了。
《儒林外史》上的范进，
你有些像呢。我说。
如果此时不激动兴奋，
那才是真的病了，没救了。儿说。

满头白发

孩子说我已满头白发
其实还没那么白
不用一根一根数了
会像在窗台撒上米粒
迎接飞来的鸟儿那样
我也会用上好的茶水
迎接足够的白

一次次临近考试
期待与忐忑
都会因你催生些许白发
而冬夜，为你掖好被子
苍天飘落的雪花
一片片落在我的头顶

嗯，早晚有一天
孩子，你会发现
果然满头白发的父亲
心依然年轻

一如当年用双手把你举过头顶
在畅快的笑声中
一边奔跑一边喊着：飞啊，飞啊

走得更轻一些

父亲已经离去
母亲就在身边
我要走得更轻一些
一个时代的人们
逐渐老去了
白发稀疏
看会儿电视就有了睡意

为亲人
走得更轻一些
一个时代
像一根白发落地那样轻

过　年

冰箱满的
网购了一些熟食和水果
跟饭店预订了除夕的火锅
要让儿子
饱食从内蒙速运来的羊肉

泉喷涌一般
我喜欢看锅里的沸腾之水
就像离开了许多年的父亲
许多年前看到的一样

大明湖散步

三五步
柳丝拂面
三五十步
石桥已过
三五百步
和若干陌生人微笑点头

那个发髻高高的大概是李清照
那个眉梢上挑的也许是辛弃疾
朝代之后
我们相遇
他们不提从前
我也不说现在

什么能让风苍老

什么能让风苍老
我的胡须总在它面前颤抖
慷慨地解开过的
青春的一排排纽扣
现在到了一颗颗系紧的时候

风给了我花粉
我却给了它惊诧
我对鞋上的草屑说：
"朋友，你看我来得多么突然！"

惋 惜

称之为诗的分行文字
是不是可以像负重的骆驼远行沙漠
流经心脏的血
有时十分缓慢，有时急促
衰年，每一刻
都有瞬间梗阻的可能

不怕死
不怕与骆驼一样的死
但我会为助力心血来潮的那根血管
感到惋惜
那根与人类之心相连的血管
一直那么柔软

证　明

不过是个证据
一点点自我销毁

只能证明肉身
不能证明灵魂

不过是个参照物，不过是个过客
谁也证明不了一块石头

证明不了一朵云
如何飘走

纸上墓园

没有碑
没有凸起的部分
可以写无尽的铭
写吧
但那多像荒草
蝴蝶飞去
雪静静落下来
雪是闭着眼睛落下来的

归　途

在荆棘之途谈虚无
多么荒诞

病毒告诉我们
什么是虚弱与无端

凛然喧嚣的楼群
一个个戴上口罩

寂静的田野
朝霞与晚霞依然像恋人

一个人的城市

一座城市一个人
那时你的犹豫就是多余的了
首先是植树
其次才是修桥
与果树对弈
你每次都输得精光
你还得浇水
捡拾落叶时血流得很慢
这使你喜欢黄昏

不过早晨如期而至
在零碎的鸟啼中
修桥计划令人头疼
可头疼的事你总是赢
赢了之后感觉到一些衰老
断弦之琴悬挂在走廊
另外一个人的遗音
嗡嗡地响

笔记本

笔记本掉在地上
好多天了
捡起它时
已经布满灰尘

因为想写一首诗
我才捡起它的
我的手
经历过无数灰尘

这一次不同
我要用简短的诗
把想要拍打的
都拍打干净

存　在

一群石头在地下沉睡
走过，跑过，顿足过
我们各自隐秘

草木、溪流有更好的方式
懂得彼此的存在
懂得坚硬和柔软的离合

它们与我不一样
而我们的心情一样
尝试与放弃

像花儿开了又谢落
我们有着一样的沉睡和苏醒
以及最后忽略一切的平静

局　限

一片林子里空走

黄叶满树

如果其中之一落下来

发出一丝

与空气摩擦的细声

一定会像一个生物弱极了的呼吸

命若游丝啊

由此及彼

统统都落下来

即便深藏了阳光、雨露和感激

依然改变不了彼此的局限

靠近些

布拉格

马车与橱窗同样安静
从容的钟声铺在石头路上

查理大桥
天鹅从没有这么近距离从头顶飞过

缓缓涌流的伏尔塔瓦河的波光
从不迷失源头

不热爱布拉格
是一种罪过①

安静，从容
阳光照耀在红色的屋顶

写于布拉格至柏林的列车上

———————

①布拉格是全球第一个整座城市被列为世界文化遗产的城市。

挪　威

起伏着
一群群树
笔直
它们把自己
带向更高的海拔

匆匆而过
我的羞愧
突然
像松针般尖细

写于挪威行旅

维纳恩湖畔的羽毛

与一片羽毛一起起飞
空中之物须到空中去写
从斯德哥尔摩往下看
听得到紧密的心跳
却已见不到北欧最大的维纳恩湖

昨日中午，湖畔漫步
我惊喜地抽出半埋于沙中的羽毛
吹去细沙
用湖水濯洗

拥有永不褪去的清晨光泽
离开了生命的躯体
依然有独立的美
我把折戟沙中的羽毛
轻轻夹入诗集

像水禽一样，今天
维纳恩湖畔的羽毛被我带向空中

带向莫斯科继而带向黄河
带到一首飞起来的诗中

写于斯德哥尔摩至莫斯科中转航班

不期而遇

1

天真蓝
俯身对孩子说
我爱你
他还小，不明其意
我起身又说：天真蓝

2

花都开了
还睡着
我是空白
我练习做梦
就像花儿练习开放

3

对壶嘴说熨帖
对壶盖说自由
拿起又放下
对壶把说抱歉

4

对不起
我没有像竹子那样柔韧
却像竹子那样爆裂
看看
还绿着

5

书中老友
擦了几遍的镜片
还在擦
偶生厌倦

6

或伸手一握
或在空气里虚悬
或陌路看柳
容颜渐显

7

比广场空旷
比栏杆荒凉
去草原
马蹄轻起轻落轻起轻落

8

不了
某一天
就黄昏，就漫步
就一片落叶数来数去
直到月上东山

旧恋如新

谁在收集人世的光芒
仿佛收集鱼的鳞片
我们一同沐浴过的水
早已将我们收集
再多一些挽留
远溪为友
预留好杯盏

一时之欢，花开
向海棠作揖
一生之痛，花落
鸟飞虫鸣
一些又一些水波似乎不经意被遗忘
旧恋如新

经 历

树被伐
羽毛失去了花枝的盛装
周围呼吸渐弱

仅仅是同情
那就错了
也可能一错再错

珠玉之泪
埋在蚌壳里
斧子不可能落地生根

四　月

四月的草没有弯
一些面孔惴惴不安
草莓，不太真实的成熟
让早逝的生命无颜以对

天空中找不到一处伤口
作为安慰
习惯性地仰起头
或被认为对一只鸟陷入痴迷

家园
只有靠手四处摸索
但愿触碰到一把断弦的胡琴
即使它已经残破

拉纤者

把自己的影子披在身上
把疤痕还给大地
河岸上
一无所想，向前

世上究竟有多少人
像这样把身子铺低再铺低
而头颅
时时想着昂起望向朝阳

身体接近匍匐
有多少人
向着大地
以这种方式掩面而泣

逼近土地

熟悉那些麦子
并不一定熟悉那些汗水
父老兄弟
我自离开村庄
就一直这样想

麦芒锋利起来的时候
镰刀也锋利起来
六月，坐在列车上
我紧盯着平原上那些
把身子铺得很低的兄弟

我突然想起有些诗句
多么虚浮
或轻薄闪烁
纸灰般
经不住轻轻一吹

列车锋利地驶过六月

兄弟们一闪而过
逼近土地
我像坐在麦芒上
我像坐在镰刀上

望　潮

老渔民沙哑
而尾音又很硬的呼喊
搁浅了
烈性酒已不能海喝
风浪拉扯过的筋骨
粗礁石般苍劲

与红血液一起律动的蓝海水
走上岸来谈谈心该多好
老朋友了，想想
那一次次举起又摔下的颠簸
无畏的生命是怎样
粉碎乌云的阴谋而没有沉沦

老的滋味
是肺里贮存的咸腥
总勾起那些年轻的日子
勾起沉甸甸的网

呵，酒量日增的儿子
已经随潮远去了
此刻，在海平线那边
他正以人的魂魄
大笑着，邀海同醉呢

左心室磷， 右心室火

1

左心室磷，右心室火
一百年一千年
谁招惹了风尘
触手可及的烈焰
遍体鳞伤的桃花
芒刺在背，谁倾心一吻
沉入流沙

2

唇，一抹虹
吸入一丝寒凉
不。春光乍现
身体饱胀的绿
让这个世界四处发芽
古典的眉目，轻盈的裙裾

这个世界已然开出一朵小花

3

把悲伤埋得更深
灯下，一张白纸看得透
但看不透墨迹
就在这纸上滑冰吧、旋转吧
无声地把你托举
像托举着葡萄酒杯

4

时间存在，手被钢铁浇铸
时间不存在，眉被玉兰摇曳
江河终有归宿
源头上冰雪消融
走吧，走吧
迟缓的流水裸体而眠

5

一个人的草原

所有的方向都是琴弦的方向

别碰掉露珠

踮着脚

遗憾总那么细微

别把苜蓿和马兰花碰得太响

6

窗帘晃动，树影婆娑

今生的枕头

前世的大床

细数沙粒，静静庸常

陪月亮一分、一秒地数

羞怯的暗，慌张的亮

7

无数个心脏

在耳朵里、在唇齿间

在腋下、在指尖

奔突

闪电一般不可捉摸

身体全部照亮

长一些停留，再长一些
我要将目力所及的光
打磨成温婉的手镯——
这留给你的唯一遗物

私　藏

黑暗拿走了
它所能拿走的

银质月亮
小小私藏

反复锻打
薄如蝉翼

薄到
径直穿过黑暗的间隙

热　爱

1

被河流领养
一无所有，枯草引领春风
瓦罐将滴水之恩封存

2

一切都在弥合
云朵重组，草丛漫上高坡
荒芜吧，放任的衣袖多么宽大

3

音乐欢畅
一杯茶慢慢降温
庆幸，什么大事也没有发生

4

用来捡拾碎梦的时光
那些玛瑙、那些星星、那些爱恋
不是碎了哪能这么晶莹

5

尽量靠边行走，呼吸缓慢
人流中眉眼放低
细小的日子，一根线穿过针眼

朋友孟轲

说到民贵
相互往碟里夹了菜
说到君轻
各自往瓯里添了酒

说完民贵君轻
我和孟轲成了朋友
时值秋天，鸿雁飞过
席地的我们，轻松地起身

逍　遥

不需主宰
大海不需，击水三千怎样
天空不需，垂云万里如何
不需主宰

再小的鱼不为小
再大的鸟不为大
腾空
率性扶摇

不需主宰
由北而南
大水蔚蓝

振翅而上
风来
九万里快意
一念之

随心而动
云霄大明
羽毛翻卷

泡沫有泡沫的去处
空间足够
占有是妄言
自在的翅膀始终柔软

哪里是预料的归宿
张望多余
不需主宰，不需

将空间变为一种姿态
浪漫不空，水珠飞扬
即兴之舞
光阴不觉

厌倦了什么
水底的黑暗？
冲天而起
万变之一
鱼与鸟

轰轰烈烈
拂掠细若游丝

所往
是归来
不需主宰

一天的幸福
朝菌的一天，八千年椿树的一天
幸福，或不遇

云霓何终
悠然而至
期待的沧溟
何所终

安　慰

姿态千差万别
紫与红遥相呼应
一块土色瓦当，长乐未央
烛光已弱
小心地包裹好褪色的欢娱

尘封的迷恋，掩埋太多
即便动荡如沙尘暴漫卷
不过是死而瞑目
挥霍太多，飘浮的华丽
比蝴蝶飞过还显得奢侈

风华绝代
从低垂的幽兰花中
抽取一根素丝
微不足道的安慰
不需要缠绕

与米芾

你的石头
我也有，小小的
常在手中把玩
不把它放大，拜揖
只让它
以任何姿势
在我手里睡个好觉

散淡随手可取
小舟泊岸，昨夜风凉
轻拍之中我也睡了
与北宋一样的鼾声
错落有致
梦的珠子，玉盘外散落一地
无人拾取

左手月亮， 右手也是

左手月亮
右手也是
酒杯大小，仿佛一个国度
小有醉意
弧形的诗句向水倾斜

没有顾虑
舟楫偏远，它想不到
另一岸干旱的航母正忙于占有

面孔白皙，表情平静
和一滴慢慢移动的水重合
微小的唇，尽管微小
完美到无可挑剔

没有钢铁构件
桂树和云影懒散
抵抗多余
在一座玻璃房子里

滑向春天的纸鸢睡在梦中

一棵树与另一棵树坦然相对
在变成灰烬之前
它们的诗句都是弧形
无垂钓之意，群鸟倦归
午夜幽蓝，透彻

坐在寂静最深处
左手月亮
右手也是

飞行诗人

放大镜让我
看清了分行的诗
一只
没来得及看清的七星瓢虫
飞走了

我在通信录里记下了这位朋友：
鞘翅红色
头黑，复眼
诗人纲，抒情目，独行科
喜不辞而别

慢下来

所剩不多
隔世的恋人，一条大河移到身后

说起终生
实在没什么可说的

即便慢下来
能有多慢

南山的菊花被风晃了晃
就隐身了

不速之客

雪移动。空着的降落伞

雪送给我几万米的不期而至

启程在即

我要在另一个眼神中

找出一粒火星的纯粹

那是在一块冰中

熠熠生辉的一粒

在这个星球上

我们相遇毫不意外

或早或迟

都是与雪相知的不速之客

我以习以为常的散淡

拒绝惊诧

我们都是不速之客

都是

羞怯

对着天空羞怯
只因怎么也表达不出爱意的辽阔

无奈。多久再握一次手呢
持续的羞怯隐身云朵

由暗暗变成公开。接近
自己了解自己多少

与生俱来。雨冷，身热
深谈未及寂寞

谢过了

大地始终在和我说话
叶子与叶子的抚慰
以亲人的方式

一滴水的静
胜过万千波涛
偶尔的甜抵过满嘴糖果

谢过了

低　语

我身体里藏着疾病
藏着剩余的忧愁
藏着斑白的痴狂
藏着静水微澜

藏着晴空霹雳

纸鸢飞起
藏着命悬一线
啊，多么沉稳的大地！

下集　孔子

▼

孔　子

一

渤海湾鱼虾的畅游，
只是一幅幻想。
被围捕过无数次的鱼虾，
正在石油与钢铁之间假寐。
向南，临近微山湖，
便临近了一位智者。
两千五百多年前，
那里另一群鱼虾的畅快让湖水动容。
石油与钢铁是远未到来的轰鸣，
诸侯群争，专权、奢靡，
青铜的版图，
美玉叮当着争霸与杀伐。

二

再好看的纸，

也不过是一张纸，

无论雕版还是铅印，

白纸黑字，

翻过去就等于结束，

但竹简坚硬，内心柔软，

时空相隔，

省略斑斑锈痕，

澄明与清纯，

于人世，

鱼虾的快乐，是生命群体
生存的无忧和自由。

三

能省略的都省略掉，

唯有那些温情的手臂，

自古至今，

春麦一样铺展着。

天空低些，

大地抬升，

公元前五百五十一年的一天，

海拔只有三百四十多米的尼丘，

老夫少妻叔梁纥和颜征在的祈祷，

得到回应，

孔丘，孔仲尼降生了。

四

将历史和经验不停翻检，

力图将传统秩序置于最高处。

一个将仁与礼当作双拐行走的人，

一个为周礼回归奔忙的殉道者，

最终埋首于书案。

那些编撰整理的典籍，

与他同在，

那些典籍，

为他绵延了智者的峰峦。

五

逝者如斯夫，

不舍昼夜。

从尼丘出发，

漫漫复漫漫，

慨叹望川而出。

且不说先辈，

由宋至鲁的逃离；

且不说诸侯间征伐，

剑光背后泪光重重；

且不说三岁失父十六岁失母生活贫且贱，

更不说十五岁志学之苦辛，

逝去的继续逝去，

长河滔滔依然故我……

六

河之逝者亦河之生者，

河中之鲤，

二十岁的仲尼得到鲁昭公的礼物。

这一次没有祈祷，

儿子降生，

鲁昭公送来鲤鱼，

因此儿子名孔鲤，字伯鱼。

或许这是一个象征，

不管顺水而下，

还是逆流而上，

漫游将是一次对未来的期待，

或是一次次，

不得不重新做出的选择。

七

从儿时陈俎豆、设礼容的游戏，
到太庙事无巨细的问询，
再到向郯子请教少昊时代的情状，
学而思，
见贤思齐。
礼被一双温厚的手，
反复触摸，
遗存的面貌不再斑驳，
而有了温热。

八

小吏就小吏吧，
低头吃饭，
抬头走路。
库房物品的进出丝毫不差，
牛羊管理井然有序，
委身于气焰压君的权臣季孙氏，
并不意味着，
看不到柳丝在春天里飘摇。

一步之遥，
春天！春天！

九

离开了季孙氏，
孔子在柳丝下席地而坐。
越来越多的学生，
围拢过来。
他们倾听、追随，
目光明亮。
教授着礼乐射御书数，
脸上闪着春光，
体内跑着一匹快马，
而嘶鸣，
只有孔子自己能听到
——三十而立。

十

面要精，
肉要细，
鱼要新鲜，

烹饪要美味。
端正的坐席上，
孔子坐得端正。
他仿佛生活烹饪师，
抚琴而吟。

十一

博学好礼，
孔子被国人称许，
声名益隆。
鲁国大夫孟釐子卒前，
嘱咐两个儿子孟懿子和南宫敬叔，
师事孔子。
孔子超越时代的文化之桥，
是平等的，
无论官宦后代还是平民子弟，
都可在其上行走。

十二

以周礼的秩序和崇敬，
收束霸权的野心，

何以将旧有的安定，
重新召回？
散乱起伏的芦苇，
像是诸侯国，
攒动不定的人群。

十三

举目四望，
晋与楚霸权相峙小国两依，
鲁国除此，
身边还立着一个庞大的齐。
火山口上，
忐忑，
小心度日耐不过季孙氏擅权，
鲁昭公逃亡。
封建的人治，
权力或被撕扯出血迹，
或被焐得烫手。

十四

历史的瞬间，

让多少瞬间的历史值得玩味。
面对季孙氏的僭越和骄纵，
孔子的是可忍孰不可忍，
如落叶飘零。
八佾之舞正在上演，
同时上演的，
还有叵测的觊觎。

十五

没有护照，
更不需要签证，
出入国境，
像一只蜻蜓飞来飞去。
自由给了所有人开放，
开放也给了所有人自由。
去往齐国，
故国回首，
不一样的浮云，
却是一样的月亮。

十六

第一次离开鲁国，
避乱而行，
孔子并不像蜻蜓那样轻盈。
路过泰山，
一位妇人的悲啼令他驻足。
妇人的公公、丈夫和儿子，
都已丧命虎口。
"为什么不离开这里？"
"这里没有残暴的政令啊！"
对话过后，
孔子让弟子们记住，
他发自肺腑的一句话：
苛政猛于虎！

十七

在齐国，
《韶》乐让孔子的心，
骤然明亮。
学习舜时遗留的《韶》乐，

陶醉、痴迷，

三月不知肉味，

仿佛一个童子，

迷恋上自己最初的游戏，

暂忘其他。

十八

游戏都是暂时的，

君不是己君，

臣不是己臣，

世袭的网，

时常在混乱中抖落，

君臣有时已经，

找不到各自的绳扣。

十九

在齐国的宫廷里，

孔子对问政的齐景公，

倾谈君君臣臣父父子子。

一堆碎片，

模糊的光影，

旧有的秩序遥不可及。
各有担当,
孔子的君臣父子说,
让君王心动,
而宫廷外面,
清风和鸟鸣早有归依。

二十

晏子对孔子的质疑,
又让齐景公回到现实。
怜惜,抑或劝慰,
齐景公对孔子说:
我老了,不能用你了。
齐国大夫意欲加害,
孔子郁郁返回鲁国。

二十一

齐景公托词老了,
而四十不惑的孔子,
热情不减。
向着一座安邦理想的空城,

通往那里的马车，

已经毁弃；

制度的大道，

不见踪影。

二十二

在现实的城中，

孝父母，亲兄弟，信友朋。

有人祭祀，

他不会吃饱，

也不会歌乐。

一己之操行，

孔子的双脚，

始终没有离开世俗的泥土。

道德在乱世中，

就像一棵被任意砍伐的树，

而他一直都在仰望。

二十三

仁啊，

人与人待之以礼，

相互悲悯与体恤，

内心的苦痛才不漫堤。

仁啊，

君王对待百姓，

像对待祭祀祖先那样敬畏与敬重，

国家才能得到百姓的信任。

二十四

抱怨的永远都在抱怨。

舍弃了平等与公正，

仁和礼都是奢谈。

贪婪扭曲人性，

鹰隼飞过，

仁爱河岸上的孔子，

顾影自怜的身影，

在碧波中十分干净。

二十五

若人世澄明，

何谈鬼神。

成人之美，

仁之君子，

心中的花朵从不枯萎。

良善、宽容、诚恳，

文化浸润的文质彬彬，

是纯净的凝望、淡定的呼吸。

二十六

纯净而清醒，

淡定而无惧。

将仁德与法律，

惠及百姓而不是某个人，

作为怀德怀刑的君子，

孔子的高度，

是文化累积的高度；

孔子的超迈，

是诗人洒脱的超迈。

二十七

阳货与公山弗扰先后拉拢，

企图借孔子名望，

助己反叛。

除私利，
对于有社会政治理想的人，
出仕是大餐。
享用大餐，
有人赏舞乐，
有人动剑戟。

二十八

卿大夫罔顾君王，
家臣罔顾卿大夫。
季孙氏的费邑宰，
似睥睨的虎。
"不义而富且贵于我如浮云。"
孔子回过身，
继续与弟子们一起，
推心置腹，
喜形于色。

二十九

将露珠比作一颗心，
不怕被任何人看穿，

坦荡荡谓之君子，

不怕触碰。

道义、谦恭、诚实，

不怕触碰，

坦荡荡哪怕如一块山石。

矜而不争，

群而不党，

君子的行囊里，

有一只安稳的枕头。

三十

言不由衷的说辞，

见风使舵的脸色，

唯唯诺诺的假象，

岂止是左丘明认为可耻，

岂止是孔子认为可耻，

生命被污染，

凡君子，皆耻之。

三十一

一条陋巷深居，

一个人的落寞；

一箪食一瓢水，

一个人的寡淡。

修养从来都来自清疏，

亦步亦趋的颜回，

在孔子心中，

已然开出忠恕的花朵。

三十二

经久打磨的理性，

非斧钺，

非箭矢。

道的模型，

结构规整，

靠近中庸，

也许就靠近了星辰。

光无处不在，

祖先的光，子孙的光，

而靠得最近的，

最先是一缕舒适的炊烟……

三十三

水，

静动，缓急，

高低，清浊，

皆由之自然。

万物的本性如水，

如同四季不可更改。

人为的规范之外，

是非的言说之外，

是大道。

老子的话，

为孔子打开了自然的大门。

三十四

不讨论时间和空间，

对行为的迷惑，

大于对死亡的恐慌，

将内心规范等同于社会规范。

颠簸的道路，

困厄只是困厄吗？

一切尚不所知，

想说给别人听的话，

有时只想说给自己听。

三十五

权力如同气球，

膨胀着，

同时也被挤压着。

企图谋杀季孙氏取而代之，

阳货谋叛，

鲁定公与季孙氏合讨之。

阳货兵败逃之齐、逃之宋，

终至晋国赵简子门下，

追杀恶狼于东郭先生面前的赵简子，

却接纳了另一条奔命的"狼"。

三十六

琴瑟低鸣，

美匏高悬，

多少有些累了。

无欲无求，

或乘木筏漂浮于海上，
没有阻隔，
目光随意停留，
水波取代人影幢幢，
或远居僻壤，
尘世的评判消弭。

三十七

富如何，
贵又如何。
享老人之安，
粗粮白水，
枕臂而寐。
有没有过失眠？
现实是凋敝的现实，
孔子是忧虑的孔子。

三十八

将学问的玉石不停打磨，
藏其于身，
而不对外炫耀夸饰。

一以贯之，
自己早给过自己答案。
君子的光芒源于心——
知者不惑，
仁者不忧，
勇者不惧。

三十九

久有学养名声，
并未被当政者任用。
不为阳货之钓饵所动，
却被当政者看中，
孔子得到权势的垂青。
五十一岁出仕，
孔子登鲁国政坛。
毁灭与复兴，
冷眼与热望，
谁在旁观？

四十

是翩翩礼遇，

还是谦恭而治？
懂得循循善诱的孔子，
一年的中都宰，
把一个小县治理得井井有条。
百姓富安，
美誉四起，
"四方皆则之"。

四十一

一年后，
由中都宰任司空，
再任大司寇，
孔子位列三卿。
久有的苦闷暂一扫而去，
朝堂之上似步青云，
众人眼中的朝服，
或掩着幽远的孤独与幻灭。

四十二

齐国与鲁国夹谷会盟，
鼓噪的齐国，

暗中将手握住剑柄。

鲁国的相礼孔子，

盾牌一般，

以礼之威，

让对方握住剑柄的手抽回。

以礼之威，

鲁国不但没有变为齐国的附庸，

反而将被侵占的汶阳之地索回。

四十三

进朝堂之门，

孔子恭敬得像无法容身；

朝堂之上，

行走时提衣敛身屏气。

国君召之，

快步而进像鸟儿张开翅膀，

那是对权力的依傍；

出朝堂走下台阶，

又一次鸟儿般张开翅膀，

那是自由天性的舒张。

四十四

病卧家中，
鲁定公来看望。
面向东，
孔子把朝服和绅带，
铺在床上，
以尽礼。
孔子在言说中行动，
在行动中言说。

四十五

一句话以概之，
何以兴国？
何以丧国？
鲁定公直问。
孔子回答得委婉：
一句话的回答没有，
但接近这样的话有。
知道做君王难，事事认真对待，
国家离兴盛也就不远了。

如果君王以别人不敢违抗己言为快乐，

而君王说的又是错的，

国家离丧亡也就不远了。

四十六

曾经被蔑视的，

僭越臣礼的季孙氏，

而今孔子对其恭敬有加，

频频屈身进见。

宰予的劝说未能奏效。

重国事轻己尊，

不久，

孔子在大司寇任上"摄相事"。

四十七

在政治巅峰上，

孔子出手"堕三都"。

季孙氏、孟孙氏、叔孙氏皆居曲阜，

僭越国君主政，

其各处封地内的城邑由家臣把持。

季孙氏的家臣阳货，

曾祸起费邑；

叔孙氏的家臣侯犯，

曾祸起郈邑。

四十八

叔孙氏的郈邑、季孙氏的费邑被拆，

孟孙氏却暗结家臣用兵拒拆成邑，

鲁定公率兵攻而不破。

季孙氏、叔孙氏也对自己，

盘踞已久的势力范围的消失，

幡然悔悟，

"堕三都"难以为继。

克己复礼，

孔子的梦想停留在了梦想。

四十九

孔子在鲁国参政，

齐国恐慌。

齐国送来女乐，

季孙氏迷醉，

三日不朝。

孔子的不满，
似一缕轻烟可有可无。
冷落，失落，
长夜柔软，
寂静的月，
仿佛一个人寂静的面庞。

五十

礼乐在大地上一次次奏响，
秋雁在碧空中一次次飞过。
慎终的敬畏，
哀恻与黄土同在；
追远的渴念，
尊慕与岁月并行。

五十一

春祭的烤肉，
国君分发给了大夫们，
孔子并没有得到应得的一份。
一切都过去了，
不必暗示。

走吧，走吧，
虽众多弟子跟随，
他却仍像一只孤雁。
"迟迟吾行也，
去父母国之道也。"

五十二

五十五岁的孔子，
离开了故土去往卫国。
不甘，无奈，
政治的内伤很痛，
他并不能像大雁一样，
于空中饱览山河。
"优哉游哉，维以卒岁。"
或是挫折后的自我宽慰，
或是梦醒后的释然。

五十三

为人用世，
坚守不会像冰一样融化。
"己所不欲，勿施于人。"

世俗道理明明白白。

既是冲浪者，

又是旁观者，

茫茫人海啊，

崇高人格啊，

西行，

路途漫漫，

心事重重……

五十四

治国者三。

依次去其一为军备，

去其二为粮食，

最终高于钟鼎的是百姓信任。

不可遏制的潮水，

失去信任，

滔天之涌，

任何大船都将倾覆。

谁五内俱焚？

谁置之不理？

五十五

"俸粟六万。"
卫灵公给与孔子任职鲁国时同样的俸禄。
对知识与文化名望尊崇，
使布衣与官职相接，
孔子坦然。
孔子依然是可以游走的孔子，
只是故乡，
渐行渐远……

五十六

礼束君子，
还是君子自束于礼？
苛求于己，
还是苛求于人？
卫灵公夫人南子不可不见，
见的不是美人，
而是权力的帷帐。
子路不悦。
激愤，

孔子只有向天诉说。

五十七

蔡跟随吴，
陈跟随楚。
吴国征伐陈国，
楚国出兵相救。
陈、蔡路上的绝粮、危难，
丧家之犬的调侃，
所有都改变不了心的方向。
或冰冻三尺，
或焚为灰烬，
一切原本已经不能重来。
接舆的歌声不是预言了，
孔子却像在寓言中。

五十八

对等级的一味尊崇，
让人身心俱疲。
没有权力拥有者，
在他面前感到羞愧。

路途漫漫，
匡地的围困，
宋地的威胁，
等待多么苍白，
伤害多么直接。

五十九

追赶，不停追赶，
停下脚步，
也可以是被欣赏的湖水，
弟子们即如涟漪轻漾。
能暂停一下吗？
暂停一下人世的纷繁，
赞美一句湖水般的蓝天，
或夜空中的繁星点点。

六十

以考古者的眼光打量现世，
以雕刻者的心态端详人生。
祖先礼仪的秩序和庄严，
已被膨胀的欲望车轮碾碎。

在仁道的高地上，
一个人的自治，
至死不渝。
理想者的巅峰，
只有理想者占据。

六十一

磨损，破碎，向往，
困苦付与礼乐。
远鬼神近人道，
仁者爱人，
爱永远是暗夜里的火种。
怀揣火种的孔子，
六十一岁仍散射青春之光——
发愤忘食，
乐以忘忧，
不知老之将至。

六十二

居卫国不定。
过宋往陈，

过蔡往楚，

如晃动的水珠。

出出进进，

不得已，

还是久留在卫国那片荷叶上。

世道动荡，

荷叶此起彼伏，

以礼定邦的孔子，

此时显得比水珠还轻。

六十三

争霸的洪水泛滥，

逃避无道的权力冲动，

生命的存在高于一切。

躬身耕种，

向土地致敬，

与庄稼温存，

长沮、桀溺、荷蓧丈人，

心无旁骛。

六十四

仕鲁，仕卫，仕陈，
再仕卫。
并不因抱负而步青云，
却因抱负而五味杂陈。
还记得那个沂水之梦吗？
一个很大也很小的梦，
一个让生命变得具体的梦——
河水中洗净身体，
享受暖阳，
微风轻拂，
唱着歌回家……

六十五

曾经的梦都画形于周公，
对于一个平静和谐的时代，
一生心驰神往，
但衰老必然。
衰老，
先顾己而后才能顾他。

衰老，

哀婉于梦的暗淡。

归去必然。

虽然季桓子相邀，

但孔子惦记的却是那些，

曾教授过的弟子。

六十六

一簇簇火花，

藏之于身，

身边，都是火花。

颜回、闵损、子路、冉雍、公冶长，

冉求、子贡、有若、曾参、言偃……

问答与琴音相随，

生老病死的途中，

所有的火花，

于众声喧哗中，

都独自闪烁着迷人的光亮。

六十七

不学诗，

何以更好表达心愿？

不学礼，

何以更好立身处世？

对儿子伯鱼，

孔子多像是一位严师。

"天丧予！"

相处半生的弟子，

痛不欲生，对逝去的颜回，

孔子多像是一位慈父。

六十八

原野深处，

露水仍在，

熟悉的黑夜和黎明，

天命已知。

征战杀伐，

血色岁月，

子曰子曰像一贴贴止血剂。

风吹过来了，

一只鸟飞走，

还有一只鸟飞走。

缠绵，

久远的鸣叫抚慰着耳膜，
透过冷漠抵达。

六十九

归来——
为礼担当，为仁担当，
一以贯之。
齐国陈恒弑君，
孔子面见请求讨伐，
鲁国君臣不予理会。
知其不可而为之，
故国心寒，
取暖的只有一盏灯了。

七十

罢了，
所有的颠簸——搁置，
所有的沉重——卷起。
竹简上耕作，
韦编三绝，
儒者风范如临风之竹。

始于大地草木的生命，
终止于大地草木。
西狩获麟，
孔子《春秋》绝笔。

七十一

群雄纷争的舞台，
道何为道？
落寞归根的孔子，
七十三岁悄然离去。
鲁国都城北边，
泗河之滨，
弟子们相拥而泣，
他们遍植树木，
守丧三年。
群鸟归林，啁啾，
抚慰着那个琴瑟鸣响的灵魂。

七十二

有限的话语，
无限的宽慰，

子曰声中，祭奠远方。

后世的舞台，

一个人的思想被一次次重温，

一个人的言说被一次次复制，

一个人的行迹被一次次描画。

坚忍与抗争，

良知与安详，

大幕一次次重启荣光。

至圣先师的光环可以忽略，

半部《论语》治天下的说辞可以忽略，

但人们不能不，

一次次地回望。

七十三

安然相顾，

仲尼先生，

清茶一杯，今朝你不会拒绝再与众生同坐。

人群中不乏颜回、子贡，

也不乏子路、宰予……

来吧，春风依然守候着远行之路，

有多少屈辱就有多少高洁，

我们把既往的忧苦深埋。

"老者安之，朋友信之，少者怀之。"

《论语》声声，星光闪烁，

广博纯真的怀抱繁花似锦。

何所期？

人性温暖，山河安详！

（2012 年 1 月至 2022 年 9 月）

后　记

从发表第一首诗算来，已经写了 40 多年的诗了。这本诗集收录了自己比较满意的一些诗作，算是一个总结吧。

与写出过的大量的诗相比，选来选去，能让自己满意的诗并不是很多，但有些读来还是能让自己为之感动。所谓的满意，就是尽量表达出自己诚挚的情感和想说出的肺腑之言，其中，也包含用了十年时间写出的长诗《孔子》。

2006 年儿子出生时，我在将要出版的诗集《什么能让风苍老》中写道："将来，儿子长大了，我会对他说：'父亲是写诗的，真正用心感受了生命和这个世界。'"是的，我真正用心感受了生命和这个世界，现在我还想把这句话重复一遍。

吴　兵

2023 年 8 月 22 日于济南